D1413135

Nous remercions le ministère du Patrimoine canadien,
la SODEC et le Conseil des Arts du Canada
de l'aide accordée à notre programme de publication

 Patrimoine   Canadian
canadien   Heritage

LE CONSEIL DES ARTS | THE CANADA COUNCIL
DU CANADA | FOR THE ARTS
DEPUIS 1957 | SINCE 1957

ainsi que le Gouvernement du Québec
– Programme de crédit d'impôt
pour l'édition de livres
– Gestion SODEC.

Illustration de la couverture
et illustrations intérieures :
Nathalie Huybrechts

Couverture :
Conception Grafikar

Édition électronique :
Infographie DN

DANGER

LE
PHOTOCOPILLAGE
TUE LE LIVRE

Dépôt légal : 3e trimestre 2003
Bibliothèque nationale du Canada
Bibliothèque nationale du Québec

123456789 IML 09876543

L'ÎLE AUX LOUPS

**DU MÊME AUTEUR
AUX ÉDITIONS PIERRE TISSEYRE**

Collection Sésame
Petits bonheurs, contes, 2002.

Données de catalogage avant publication (Canada)

Raimbault, Alain

    L'île aux loups

    (Collection Sésame ; 53)
    Pour enfants de 6 ans et plus.

    ISBN 2-89051-864-7

    I. Titre II. Collection : Collection Sésame ; 53.

PS8585.A339143 2003   jC843'.6   C2003-941245-8
PS9585.A339143 20033

ALAIN RAIMBAULT

conte

ÉDITIONS
PIERRE TISSEYRE

5757, rue Cypihot, Saint-Laurent (Québec) H4S 1R3
Téléphone: (514) 334-2690 – Télécopieur: (514) 334-8395
Courriel: ed.tisseyre@erpi.com

À Yoann et à Arianna

1

LA SÉCHERESSE

C'était, dans les temps anciens, une époque de grande sécheresse pour les loups des steppes. Le soleil brillait depuis trois ans maintenant et plus aucun cours d'eau, plus aucun lac, plus aucune source n'existaient à la surface de leur territoire. Assoiffés, les loups avaient creusé à la recherche du précieux liquide. Ils en avaient facilement trouvé au début, mais les mois passant, ils avaient dû creuser de plus en plus profondément pour finir par atteindre la roche.

— Il n'y a plus d'eau sur cette terre de malheur, dit Lobo, le chef de la meute. Que faire pour en trouver ? Je vous le demande.

Les loups baissèrent la tête, assommés par la chaleur et le désespoir.

— On pourrait peut-être hurler un chant d'automne, dit Touffy, le jeune loup. Avec nos belles voix graves, il pleuvrait sûrement. On pourrait même danser.

Il commença à danser sur ses pattes arrière.

Touffy avait toujours des idées originales. Sa bonne humeur était d'habitude appréciée par la meute, mais l'heure était grave. Un lourd silence régnait.

— Êtes-vous prêts à quitter la terre de vos ancêtres ? hurla Lobo. Êtes-vous prêts à changer de vie ? À conquérir de nouveaux territoires ? À lutter pour votre survie ?

Un timide oui s'éleva du groupe.

— Alors, suivez-moi.

Ils partirent donc en quête d'un pays vert et pluvieux.

Ils gravirent une chaîne de montagnes, mais l'eau, là-haut, ne coulait pas. C'était de la neige qui brûlait les babines ou de la glace qui collait à la langue. Il faisait très froid aussi. De grands vents tourbillonnants transperçaient leur pelage. Ils n'étaient pas préparés à traverser pareil climat. Tout leur faisait mal. Les pattes gelées, les yeux brûlés par le vent qui les aveuglait, les poumons suffoquant sous

les bourrasques. Un véritable calvaire. Malgré l'étroitesse des sentiers, ils durent avancer serrés les uns contre les autres pour se tenir chaud et ne pas se perdre, car un brouillard très dense les enveloppait bien souvent. Ils avaient atteint le monde des nuages, du tonnerre, des éclairs et des neiges éternelles.

— Je me gèle les babines, cria Touffy. At-choum !

— Nous n'y arriverons jamais, protesta Pesti. Nous allons tous mourir. Que ce soit de chaleur ou de froid, c'est la même chose. Nous n'aurions jamais dû nous lancer dans ce périple sans fin. C'était une erreur. Nous sommes perdus à présent. On va finir comme ces morceaux de glace.

Lobo avait le sentiment d'être allé trop loin, de ne jamais pouvoir se sortir de cet enfer blanc, mais son instinct infaillible le poussait à continuer. Jamais il ne l'avait trompé. Malgré les morsures du blizzard et du froid, il se sentait capable de mener la meute à bon port.

— Suivez-moi, ordonna-t-il sans trembler. Le chemin est difficile, mais je ne vous ai jamais trahi. Le salut est derrière ces montagnes. Suivez-moi.

Il avait prouvé à maintes reprises ses qualités de grand chasseur. Grâce à lui, jamais les loups n'avaient eu faim. Il savait trouver les proies et les tuer. Une nuit, encerclé par le feu, il avait sauvé la meute en lui apprenant à marcher dans le lit d'une rivière et même à nager sous l'eau pour éviter les flammes et la chaleur trop intense. Il savait courir, se battre, nager, fuir et résister comme nul autre. Lobo était le chef incontesté des loups des steppes. Il saurait trouver le pays vert. Il saurait trouver une terre accueillante. On avait confiance en lui. Cependant, les plus faibles voulurent rebrousser chemin.

— On n'en peut plus, Lobo, dit un groupe de vieux mâles qui avançaient de plus en plus lentement.

— Je comprends, dit Lobo, le regard triste.

— Nous allons chercher un passage dans une vallée plus clémente.

— Oui, je comprends.

Ils rebroussèrent chemin et cherchèrent un passage dans une vallée où maintes avalanches les guettaient. Lobo était vraiment triste, car il y avait dans ce groupe de nombreux membres de sa famille.

2

L'EAU QUI BOUGE

Finalement, après avoir erré dans le gel et les tempêtes, ils découvrirent une vaste étendue bleue et agitée qui se perdait à l'horizon. Ils n'avaient jamais vu autant d'eau au même endroit. Ils l'observèrent longuement. Ils l'écoutèrent s'échouer sur la plage de galets dans une plainte brutale. Cette musique ressemblait à celle du vent dans les

cimes des sapins des forêts bo-
réales qu'ils avaient jadis tra-
versées. Comme face à un nouvel
ennemi, ils se tapirent dans les
dunes. Ils remarquèrent son lent
retrait de la plage, à présent deve-
nue une longue plaine de sable.

— C'est immense, dit Lobo. Il n'y
a rien qui l'entoure. Comment fait-
elle pour ne pas disparaître dans
l'infini ? Et d'où vient-elle ? Est-ce
vraiment de l'eau ?

— En tout cas, fit Touffy, ce n'est
pas de la neige ni de l'herbe. C'est
un peu plus grand qu'un lac et plus
plat qu'une montagne.

— Tu as le sens de l'observation,
remarqua Lobo.

— Oui, poursuivit Touffy, et c'est
plus bleu que le ciel et moins vert
que des feuilles de pissenlit. Et ça
bouge moins vite que ma queue,
regarde.

Touffy contracta sa queue en formant des petites vagues nerveuses.

Lobo sourit.

Il se demanda si la nuit, l'eau allait se cacher derrière l'horizon. Il tenta de deviner l'origine du mouvement des vagues, mais elles arrivaient de si loin, à un rythme si régulier, qu'il sentit la présence d'une grande force, comme si le ciel lui-même les poussait.

— Nous devrions nous approcher, lança Pesti comme un ordre. Plus le temps passe et plus elle se retire. Elle risque de disparaître à jamais.

— Moi, dit Touffy, j'irai après vous. Et si, sous la surface, il y avait un grand trou? Avec de petits serpents bleus qui piquent?

— Eh bien, on nagera.

— Allons-y, ordonna Lobo.

Ils se précipitèrent dedans, mais tous recrachèrent aussitôt les premières gorgées. Cette eau était salée. Terrible déception.

Où aller à présent ? À droite ? À gauche ? Faire demi-tour vers les montagnes ?

Lobo décida de se diriger vers le nord, car il savait de longue mémoire qu'au sud s'étendaient les terres désertiques.

La meute marcha quelques heures avant de rencontrer des fontaines d'eau chaude qui sortaient des profondeurs du rivage. De grands jets d'eau brûlante et des flaques bouillonnantes.

— Comme c'est étrange, dit Touffy en s'avançant vers une flaque grise.

Il trempa timidement sa langue dedans et recracha aussitôt.

— Beurk! Beurk! Beurk! C'est imbuvable.

Lobo remarqua, vers la cime d'une montagne, une coulée de lave qui se perdait un peu plus loin dans la mer. Les mares d'eau tiède qu'il découvrit étaient, elles aussi, imbuvables.

La meute dut tristement revenir sur ses pas et marcher la tête basse vers le sud où rien de bon ne les attendait. Soleil. Désert. Famine.

3

L'EAU DOUCE

Pas exactement.

Deux jours plus tard, des prés salés s'étendaient dans une petite plaine côtière. Le matin, les loups purent joyeusement laper la rosée du matin déposée sur l'herbe jaunâtre. Cette eau était si bonne!

— Je n'ai jamais bu d'eau aussi fraîche depuis très longtemps, dit Lobo.

— Nous non plus, admirent les autres loups, à présent d'excellente humeur.

Certains se roulèrent joyeusement dans l'herbe et leur poil brilla comme jamais dans la lumière du matin. Ils se sentaient renaître.

Ils décidèrent de rester là quelques jours, mais peu après, l'herbe disparut. La plaine se transforma en un désert de boue ocre. Il fallut reprendre le chemin.

Ce que Lobo avait prévu se produisit. La meute atteignit les premières dunes de sable en fin d'après-midi. La chaleur se fit assommante dans la journée, et la nuit glaciale. Lobo décida de quitter le rivage pour s'enfoncer dans ce monde de sable.

— C'est notre dernière chance, dit-il. Peut-être allons-nous découvrir une oasis ou un ruisseau salvateur. De toute manière, si nous continuons ainsi le long du rivage, nous finirons par mourir de soif à côté de toute cette eau imbuvable. Il faut prendre des risques.

Par chance, avant d'entreprendre cet ultime voyage, ils découvrirent une épave de navire déserte, mais remplie d'eau douce et de viande séchée.

Ils burent et mangèrent autant qu'ils purent. Ils dormirent à l'abri dans les vastes cales de l'épave. Les réserves épuisées et les forces revenues, ils se lancèrent à l'attaque du désert.

Très vite, ils se rendirent compte de l'impossibilité de progresser dans la canicule du jour. Ils marchèrent donc de nuit, direction plein sud, se guidant d'après les étoiles.

Ils apprirent à sentir le sirocco et à prévoir les terribles tempêtes de sable.

Un matin, des images de palmiers et de lacs dansèrent dans le ciel.

Touffy leva soudain le museau. Ses yeux brillèrent.

— De l'eau! cria-il. De l'eau! Nous sommes sauvés!

Il se précipita vers l'horizon avec toute la fougue de sa jeunesse. Il sauta en l'air pour attraper les images, mais plus il courait, plus les images s'éloignaient.

— Arrête! lui ordonna Lobo. Arrête. C'est un mirage.

— De l'eau!

— Non, dit Lobo, ça n'existe pas. Ça va disparaître. C'est un mirage.

— De l'eau, murmura Touffy, hors d'haleine.

Il s'immobilisa, les yeux toujours vers le ciel. Puis il baissa la tête et revint dans le groupe.

Ils se rendirent compte que les dunes laissaient parfois place à des roches noires, contre lesquelles il faisait bon se reposer. Le désert était un monde de sable, de poussière, de soif et de mirages. S'ils devaient encore marcher quelques jours ainsi, sans eau et sans la moindre bestiole à croquer, leur fin était proche.

4

L'EAU DE LA CARAVANE

Dans ces temps anciens, de longues caravanes partaient de Tombouctou*, dans l'ouest de l'Afrique, pour échanger des épices contre du sel gemme* dans l'Égypte* des pharaons. Le voyage durait de longs mois et des familles entières y participaient. La vie s'organisait en fonction du voyage. On transportait peu de biens personnels, juste le nécessaire à la cuisine et au coucher. Des tentes de peau servaient d'habitation. Les dromadaires portaient les marchandises et les enfants en bas âge. Les autres marchaient.

C'est une caravane semblable à celle-ci que découvrirent, une nuit, nos loups affamés.

Lobo guida la meute sous le vent, pour ne pas être repéré. Il tint un conciliabule.

— Quelle approche serait la plus efficace ? demanda Lobo à la meute. Nous n'avons jamais chassé dans le désert et l'ennemi est armé. Ce sont des humains. Ils sont moins rapides que nous, mais tout aussi rusés. Quel est votre avis ?

Pesti prit la parole :

— Nous avons soif et faim. Il est inutile d'hésiter plus longtemps. Nous attaquons tout de suite. Grâce à l'effet de surprise, nous sommes sûrs de notre victoire. Allons-y ! Une attaque-surprise, c'est la meilleure stratégie.

L'idée plut à Lobo, mais il hésita.

— Attendez, dit-il. Ces humains-là sont incapables de marcher sans boire tous les jours, contrairement à nous. En les suivant discrètement, ils nous mèneront à l'eau.

Pesti dut admettre de mauvaise grâce que Lobo avait raison.

— Après l'attaque, reprit Lobo, nous serons tout aussi perdus qu'avant. Non. Suivons-les jusqu'à leur point d'eau. Après, nous pourrons les dévorer.

Les jeunes loups, mécontents, grognèrent dans leurs babines :

— On a soif, nous. Attaquons tout de suite.

Mais ils acceptèrent l'avis de leur chef.

Ils suivirent donc la caravane une journée entière, mais au soir, point d'oasis à l'horizon. Des dunes, des dunes de sable à l'infini.

La nuit passa.

Au petit matin, la meute encercla la caravane affolée. Lobo prit la parole :

—Humains! hurla-t-il. Nous avons fui la sécheresse de notre territoire pour trouver de l'eau. En vain. Donnez-nous la vôtre ou nous la prendrons de force.

—Loups, répondit le chef de la caravane, si nous vous donnons notre eau, nous mourrons tous. Le prochain puits est à deux semaines de marche.

—Alors, vous n'avez pas le choix, dit Lobo. Vous devez obéir.

—Laissez-moi parler avec les anciens. Je vous donnerai notre réponse avant le coucher du soleil.

—Attendre, toujours attendre, hurla Pesti, les crocs menaçants.

Lobo le fit taire. Les loups attendirent.

5

LE GARDIEN
DE L'EAU

Le chef de la caravane s'appelait Homero l'Ancien. Il avait été marin au long cours et avait longtemps navigué sur le fleuve d'Égypte puis en mer Méditerranée*. Il s'était fait pêcheur et chasseur de phoques très loin vers les mers glacées. C'était un homme sans peur, car il avait vaincu toutes les mers et toutes les tempêtes. C'était un homme savant qui avait percé le secret des étoiles et des humains. C'était enfin un sage qui avait décidé de vivre le reste de son âge dans le désert qui l'avait vu naître. Sa vie était dans le voyage sans fin.

Il portait un large turban bleu nuit sur la tête et le visage. Son regard n'avait plus d'âge tellement il avait vu de choses.

Lobo reconnut un chef incontestable comme lui. Mi-homme, mi-dieu, mi-animal. Un adversaire de taille. Le combat, s'il avait lieu, s'annonçait féroce.

Peu avant le coucher du soleil, le chef de la caravane s'avança vers Lobo.

— Nous avons décidé de nous battre, dit-il de sa voix grave.

— Avez-vous bien réfléchi? demanda Lobo. Nous sommes nombreux. Ce sera la fin pour vous.

À ce moment précis, tous les hommes montrèrent leurs lances et tirèrent des fourreaux les lames finement ciselées de leurs larges cimeterres*.

— Non, reprit Homero, nous n'avons pas le choix. Sans eau nous mourrons de soif. Mais nous vendrons chèrement notre peau. Même si nous n'avons aucune chance contre vous. Un dicton dit : «L'homme nomade naît sous la tente et meurt au désert.» Nous sommes prêts. Nous sommes toujours prêts à mourir.

— J'admire votre courage, dit Lobo en fixant Homero. Nous aurions pu nous entendre, mais les plus forts vont vaincre. Et ce sera nous, les loups!

Un sourd grognement envahit le désert. Le combat allait commencer.

Les hommes avaient effectivement peu de chance de survivre, car Lobo savait combattre les humains. Il avait déjà gagné de nombreuses batailles, en duel ou en groupe. Les loups de sa meute étaient nombreux et leurs coups imparables. À trois ou quatre contre un homme, même armé, le combat était gagné d'avance.

La phase d'intimidation terminée, Pesti se lança à l'attaque. Il reçut un coup de lance à la cuisse et recula en boitillant. Lobo s'apprêta à bondir.

6

L'ENFANT
DES SOURCES

— **A**rrêtez, cria un enfant.

Chacun le regarda, étonné. Les grognements cessèrent. Lobo se redressa pour l'observer. Il s'approcha et tourna autour de lui.

Il était vêtu de bleu, et sa petite taille disparaissait presque dans ses vêtements drapés. Deux lignes sombres serpentaient sur son front, symbole des sourciers. Il se tenait très droit, son regard ne faiblissait pas devant celui de Lobo.

— Je trouverai de l'eau demain, affirma-t-il calmement.

Lobo le toisa.

— Demain ? Pourquoi pas tout de suite, demanda-t-il, incrédule.

— Parce que cette nuit je lirai les étoiles. Elles m'indiqueront où chercher.

— Encore attendre ! gémit Touffy. Non ! Finissons-en pour de bon. Ne voyez-vous pas ces outres pleines d'eau sur ces dromadaires bien gras ? Servons-nous…

— Si vous avez soif, proposa le chef de la caravane, nous pouvons vous donner un peu d'eau, mais pas toute. Écoutons ce fils de sourcier. Si demain, au coucher du soleil, nous n'avons pas trouvé l'eau, alors nous lutterons.

Lobo le regarda, méfiant, cherchant un piège. Peut-être, pensat-il, une autre caravane d'hommes armés arriverait à leur secours. Peut-être, demain, serons-nous trop faibles pour lutter. Peut-être trouveront-ils une caverne où se protéger. Un défilé imprenable. Mais s'ils étaient de bonne foi, ce serait la fin provisoire de notre quête.

Lobo décida de suivre son instinct en accordant sa confiance au chef et à l'enfant. Alors, il s'ensuivit une scène jamais vue dans l'histoire depuis la rivalité séculaire* des humains et des loups. Une meute entière, abreuvée dans le désert par les membres d'une caravane. Une forme de pacte était désormais scellé par l'offre de l'eau.

Les loups n'attaqueraient pas avant le lendemain soir.

Ni les loups ni les hommes ne dormirent cette nuit-là. Tous observaient l'enfant qui traçait des spirales dans le sable et qui adressait de longues prières aux étoiles. Bien avant le lever du jour, il indiqua la direction à suivre. Plein sud.

La caravane se mit rapidement en branle.

Les loups cheminèrent à l'ombre des dromadaires nerveux quand le soleil commença à darder ses rayons de plomb.

Point de pause dans la journée.

7

L'EAU ET LE FEU

Quiconque a séjourné dans le désert sait combien il est difficile de trouver son chemin. Certains s'orientent grâce à des repères, des roches aux formes évocatrices qu'ils savent lire par on ne sait quelle magie, un squelette de fromager*, une odeur dans le sable. D'autres observent la courbure de l'horizon. Ils savent marcher droit, sans jamais dévier d'une route où le vent et la poussière effacent toute trace. D'autres, enfin, connaissent d'instinct le chemin. Ils ne se perdent jamais. Ils naissent avec la mémoire du désert déjà gravée en eux. Le sable coule dans leur sang et le vent alimente leurs poumons. Ce sont des êtres rares dont le chef et l'enfant semblaient faire partie.

Toute la journée, l'enfant parut marcher les yeux fermés, suivi dans sa petite ombre par le chef. Les deux guides semblaient non point comme un père et un fils, mais comme deux frères à la même démarche, habités par la même certitude.

Sitôt le soleil couché, l'enfant scruta les dernières lueurs à l'horizon.

— Oui, affirma-t-il. C'est ici.

— Je ne vois rien, dit Lobo, qui reniflait le sable. Je ne flaire même pas cette odeur de l'eau que je ne saurais manquer. Il n'y a rien sous ce sable.

— C'est pourtant ici, affirma l'enfant.

— Très bien, dit Lobo. Creusons, alors.

Les loups creusèrent un large cratère avec une rapidité inouïe, car creuser, ils en avaient depuis longtemps l'habitude. Ils évacuèrent le sable sur un immense périmètre et atteignirent une chape* de roche noire.

— L'eau est dessous, dit l'enfant.

— Il faudrait un miracle pour percer cette rocaille, gronda Lobo. Tu nous a menti.

La rage le gagnait. Il se sentit trahi et prêt à massacrer la terre entière. Il montra les crocs.

— Calme-toi, lui dit doucement l'enfant. Il va bientôt pleuvoir des météorites. Du feu tombera du ciel et nous donnera l'eau.

— Le feu ne donne pas d'eau! hurla Lobo.

À ce moment précis, il leva la tête et aperçut une pluie d'étoiles filantes. Des traits de lumière zébraient soudain le ciel. Le désert s'illumina. Jamais nomade ni loup n'avaient assisté à un spectacle aussi beau.

— Reculez! cria l'enfant. Reculez tous! Nous risquons d'être frappés.

— Pourquoi? demanda Lobo. Jamais aucune étoile n'est tombée sur la terre. Le ciel appartient au ciel, et la terre à la terre.

— Pas dans le désert, assura l'enfant. Vous devriez vraiment m'écouter si vous ne voulez pas être transformés en poussière.

Tout le monde recula sans quitter des yeux la roche noire au fond du cratère.

Soudain, une boule de feu la fit exploser et un jet d'eau jaillit vers le ciel orange.

—De l'eau! balbutia Lobo. De l'eau!

Incrédules, les loups s'approchèrent, redoutant un nouveau mirage.

L'enfant sourcier se jeta le premier dans le petit lac qui s'était déjà formé. Il prit l'eau dans ses mains et but doucement.

—Brrr, dit-il. Elle est fraîche.

Cette fois, Touffy, fou de joie, suivit l'enfant. La meute se précipita derrière eux. Les loups lapèrent de longues gorgées qui leur firent presque mal aux babines tant ils avaient perdu l'habitude de boire sans retenue. Ils barbotèrent

ensuite dans ce lac miraculeux avec les hommes, les femmes et les enfants. Ils étaient enfin devenus une seule famille, réunie au creux de cette eau providentielle.

Au petit matin, la caravane refit ses provisions d'eau, les dromadaires burent. Le départ était proche.

— Bon voyage, souhaita Lobo à Homero et à l'enfant. Nous attendrons votre retour avec impatience.

Touffy émit un petit grognement plaintif. Il était triste de voir déjà partir ses nouveaux amis.

La caravane repartit en paix vers sa destination première, l'Égypte des pharaons.

8

L'OASIS

Ce nouveau lac en plein désert attira des petits animaux que les loups dévorèrent goulûment.

La caravane revint après quelques mois, et Touffy, qui avait grossi, retrouva bien heureux Homero et l'enfant.

On planta des arbres, des légumes et des fleurs. L'oasis devint

un jardin paradisiaque, une île se-
crète en plein désert. C'est égale-
ment dans cette île que tous les
loups du monde vinrent passer
leurs vieux jours.

Malgré leur amitié pour les humains, les loups ne seront jamais
domestiqués. Ils garderont intacts
leur instinct de survie et leur in-
dépendance. Ils comprendront toujours le langage des humains, mais,

peu à peu, leur langage à eux deviendra mystérieux pour nous tous. En perdant la signification de leur hurlement, nous aurons développé une nouvelle peur, née du mystère et de l'oubli.

Cette « île aux loups » existe encore, bien cachée au cœur des dunes, comme existent encore de longues caravanes dans le désert, de vieux loups amis des humains et des enfants qui lisent dans les étoiles les chemins de la paix.

LEXIQUE

Chape : Tout objet qui recouvre un autre objet, sorte de couvercle.

Cimeterre : En Orient, long sabre traditionnel à la lame courbée.

Égypte : Pays situé au nord-est de l'Afrique, très célèbre pour sa civilisation des pharaons et ses pyramides le long du Nil.

Fromager : Très grand arbre que l'on trouve dans les zones tropicales. Ses fruits ne donnent pas du fromage mais le kapok.

Méditerranée : Mer presque fermée, située entre l'Europe, le Moyen-Orient et l'Afrique. On dit qu'elle est le berceau des civilisations.

Séculaire : Adjectif qui signifie : « depuis des siècles ».

Sel gemme : Sel d'origine minérale que l'on trouve dans des mines.

Tombouctou : Ville du Mali, en Afrique, située au sud du désert du Sahara.

TABLE DES MATIÈRES

Alain Raimbault

Lorsqu'Alain Raimbault s'est installé en Nouvelle-Écosse en 1998, il a habité dans une ville au nom impressionnant : Wolfville. Cela signifiait pour lui « La ville du loup ». Il s'était promis d'écrire une histoire sur cet animal mythique qui a hélas ! disparu de la Nouvelle-Écosse.

Lorsqu'il n'écrit pas des romans pour la jeunesse ou de la poésie, l'auteur enseigne à l'école francophone Rose-des-Vents, dans la vallée d'Annapolis.

SÉSAME

Collection Sésame